삶의 순간

그 모든 날들이
나를 만든 삶의 순간이었다

삶의 순간

신지은 지음

리드썸

목차

1

• • •

지치고 힘든 순간

지금도 충분히 잘하고 있는 당신.

그 자체만으로도 귀중하고 특별한 사람입니다.

힘들 때는 잠시 쉬어도 괜찮아요.

쉬어갈 수 있는 것도 능력이에요.

항상 감사한 삶을 사세요.

당신이 마시고 있는 커피 한잔,

사소한 웃음을 나눌 수 있는 친구,

창가에 비치는 따스한 햇살…

그 모든 작은 순간들이

결국, 우리의 삶을 이룹니다.

갑자기 울고 싶어질 때

그냥 울어요.

마음이 아픈 거예요.

아픈 건 이유가 없으니까, 그냥 울면 돼요.

눈물을 참을 필요 없어요.

나는 1순위가 아니다.

0순위다.

나의 건강을 챙기고, 기분을 살펴라.

그리고

가장 중요한 나를 사랑하라.

자려고 침대에 누웠는데

'아, 오늘 왜 그랬을까.'

자책한 적 있나요?

사람은 누구나 실수해요.

어차피 지나면 별거 아닌 일.

나중에 생각나지도 않을 일로 밤새워 자책하지 마요.

뇌는 생각보다 단순하다.

스스로 내뱉는 말이 진실이라고 믿는다.

"괜찮아."

"다 잘되고 있어."

"노력하면 될 거야."

나에게 수시로 건네는 말.

기분은 일시적인 것이다.

일시적인 기분에 휘둘릴 필요 없다.

가끔 멍때려도 좋다.

쉼 없이 굴러가는 뇌에게 주는 최고의 선물이기 때문이다.

사람은 별처럼 태어나는 것 같아요.

뾰족하면서 반짝이는 별.

뾰족한 별들이 만나 살아가면서 서로 부딪히다 보면

둥글둥글해지는 게 인생 아닐까요?

모든 사람이 겪는 일이에요.

걱정하지 말고, 겁먹지 말고 그냥 빛나기만 해요.

둥글둥글해진 후에도 당신은 빛나고 있으니까.

세상은 불안하다.

완벽한 삶이란 없다.

발전하지만 안주하지 않고,

똑같은 하루하루에 즐거운 시간을 더해가는 것

그것이 우리가 할 수 있는 최선이다.

조급한 마음이 드나요?

단지 남들이 다 하니까

나도 해야 한다는 압박감에 사로잡혀 있나요?

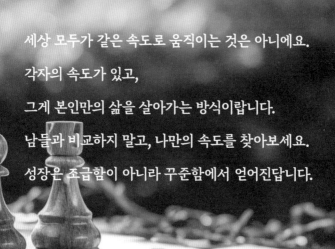

세상 모두가 같은 속도로 움직이는 것은 아니에요.

각자의 속도가 있고,

그게 본인만의 삶을 살아가는 방식이랍니다.

남들과 비교하지 말고, 나만의 속도를 찾아보세요.

성장은 조급함이 아니라 꾸준함에서 얻어진답니다.

기분은 날씨와 같다.

어떤 날은 맑고 화창하다가,

또 어떤 날은 흐리거나 폭풍이 몰아친다.

중요한 것은, 오늘 날씨가 영원하지 않다는 것이다.

"오늘도 수고했어." "참 잘했다."

나에게 칭찬해주세요.

오늘 하루 동안 어떤 일이 있었든

그것을 잘 견뎌낸 당신이 참 자랑스럽습니다.

벌어질 일이 벌어진 것이다.

걱정한다고 해결되는 것은 없다.

과거는 바꿀 수 없지만,

현재와 미래는 우리의 행동에 따라 변할 수 있다.

걱정보다는 행동이 가져다주는 변화에 주목해야 한다.

세상에서 가장 강력한 것은 인간의 의지다.

도전과 실패, 실망과 좌절 속에서도

포기하지 않고 계속해서 노력하며 전진하는 힘!

그것이 바로 인간의 의지다.

당신은 인간이다.

힘들어도 견뎌요.

버티고 기다리다 보면 와요.

겨울이 지나 봄이 오는 것처럼.

나는 아무것도 하지 않을 권리가 있다.

삶에서 때로는 '아무것도 하지 않음'의 가치를 인정해야 할 때가 있다.

그것은 휴식이며, 재충전의 시간이며, 창조적인 생각을 위한 시간이다.

나의 모든 순간이 생산적이거나 활동적일 필요는 없다.

해가 뜨기 전이 가장 어두운 법이다.

가장 힘든 시기에 놓여 있는가?

'나중에 얼마나 좋으려고 지금 이렇게 힘든 걸까?'

생각하며 버텨라.

과거의 시간은 지금의 나에게 영향을 준다.

그렇다고 과거에 갇혀서 계속 후회하고 자책한다면,

그것은 현재와 미래의 행복을 방해할 뿐이다.

과거의 경험을 배움의 기회로 삼아

현재와 미래를 채워나가는 것이 중요하다.

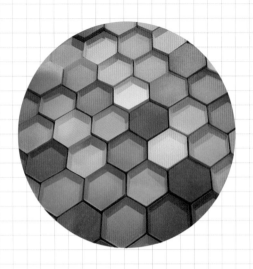

가을이 오면 나뭇잎이 떨어지듯,

삶에서도 변화와 손실이 필요하다.

떨어진 잎들이 새로운 생명력과 함께 다시 돌아오듯,

새로운 기회와 가능성이 삶에 반드시 찾아온다.

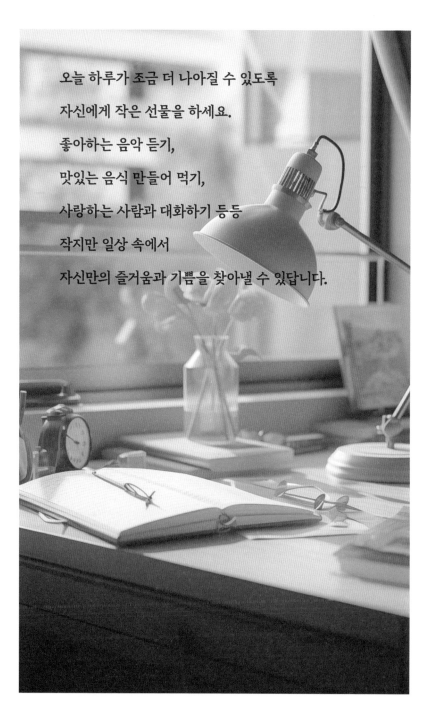

오늘 하루가 조금 더 나아질 수 있도록

자신에게 작은 선물을 하세요.

좋아하는 음악 듣기,

맛있는 음식 만들어 먹기,

사랑하는 사람과 대화하기 등등

작지만 일상 속에서

자신만의 즐거움과 기쁨을 찾아낼 수 있답니다.

남들이 말하는 '원래'와

내가 겪는 '지금'은 다르다.

'원래'란 일반화된 관점에 불과하고,

'지금'은 나만의 독특한 여정이다.

남들이 어떻게 생각하든 상관없다.

오롯이 자신의 길을 걷고,

그 속에서 진짜 '나'를 찾아내면 된다.

다른 사람은 다 잘하고 있는 것 같은데

나만 어디로 가야 할지 모르겠나요?

삶은 자신만의 시간표와 지도를 가지고 있습니다.

때로는 목적지를 찾기 위해 멈추거나,

잠시 방향을 잃기도 합니다.

그것이 바로 여정의 일부입니다.

목적지가 정해져 있지 않더라도,

그저 발걸음을 내디디면 됩니다.

강함이란?

항상 모든 것을 혼자 해내는 것이 아니다.

자신의 취약함과 어려움을 인정하고

도움을 청하는 것이 진정한 강함이다.

타인을 신경 쓰거나

타인과 나를 비교하지 마세요.

그저 '나'에게 집중하세요.

타인과 비교하지 않는 단단한 사람이 되어가세요.

'내가 잘할 수 있을까?'

나를 의심하는 마음은

스스로를 점점 더 작아지게 만든답니다.

어려움을 겪는 것은 흔한 일이다.

우리의 인생 경로에서

필연적으로 찾아오는 걸림돌일 뿐이다.

당연한 일에 좌절할 필요 없다.

힘들 때는 힘들다고 말해요.

세상을 살아가다 보면

누구나 힘든 일을 겪어요.

뒤에서 욕할까 봐 흉볼까 봐 걱정할 필요 없어요.

오히려 욕하고 흉보는 사람이 이상한 거예요.

힘들 때는 힘들다고 말하는 게 정상이에요.

불행하다고 느낄 때 돌아보세요.

지금 행복할 수 있는데 항상 나중에 행복하려고

스스로 기준을 높이고 있지 않나요?

그럼 이것도 저것도 못 해요.

나중 말고, 오늘을 행복하게 살아요.

지금 이 힘듦도 곧 지나갈 거예요.

삶의 긴 여정 속에서

지금의 힘듦은 아주 짧은 순간에 지나지 않을 거예요.

어쩌면 기억도 안 날 정도로.

한 송이 꽃이 피기 위해서는

바람에 흔들리고,

비바람을 견뎌내며,

건조한 환경에서도 버텨내야 한다.

우리도 마찬가지다.

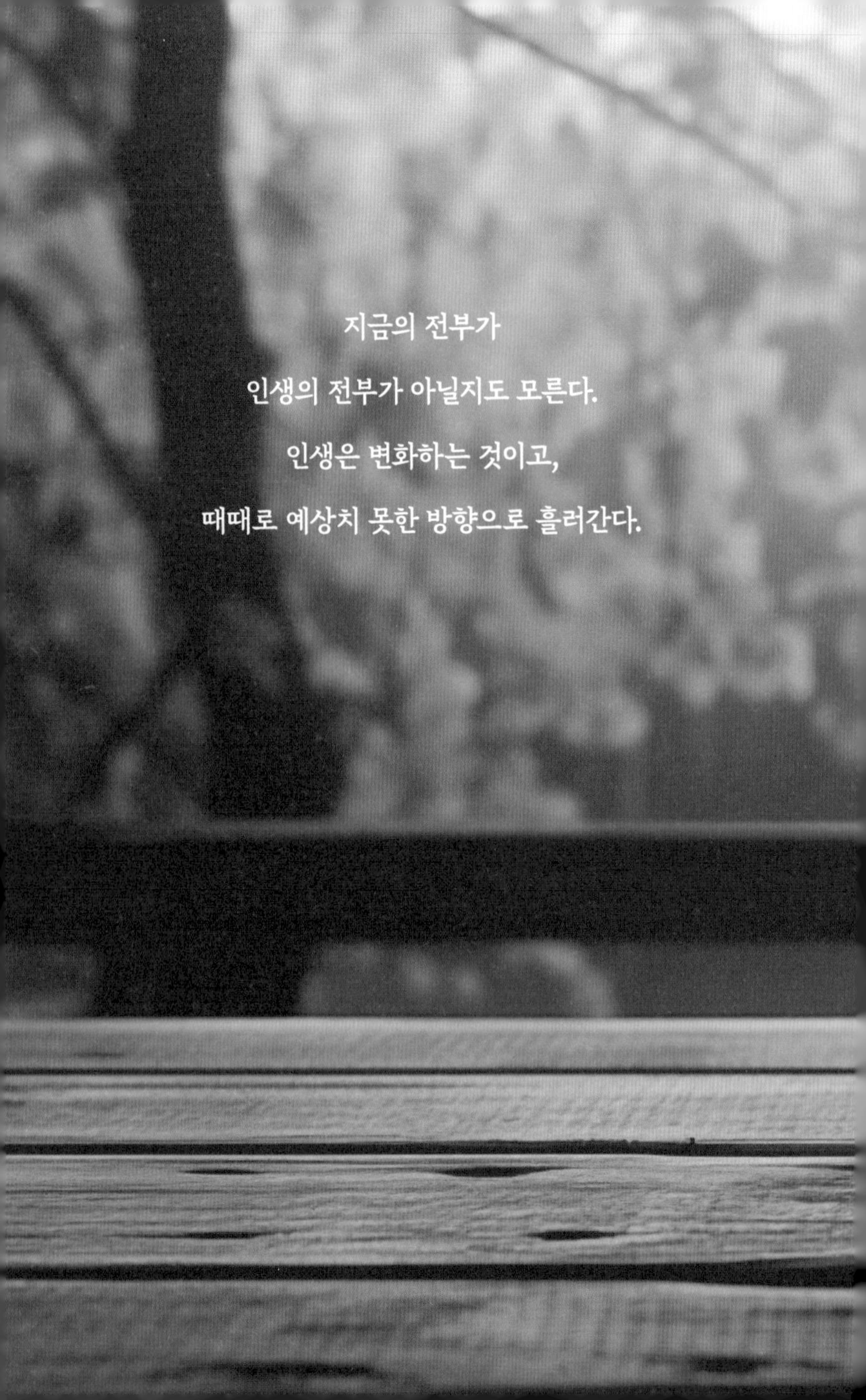

지금의 전부가

인생의 전부가 아닐지도 모른다.

인생은 변화하는 것이고,

때때로 예상치 못한 방향으로 흘러간다.

지금 당장 어려움이 있더라도,

그것이 영원할 것이라는 법은 없다.

쉽지 않은 하루였지만

그럼에도 불구하고

계속해서 앞으로 나아가야 한다.

그 순간들이 쌓여

더욱 단단한 나를 만들어줄 것이다.

처음이란 누구에게나 어렵다.

그걸 인정하고,

그걸 깨는 사람에게

그다음이라는 게 있다.

세상의 모든 소음과 혼란 속에서

조용히 마음속으로 되뇌어보세요.

'괜찮아. 좀 쉬어가도 돼.'

누구나 한 번쯤은 자유로워도 된다.

나비가 된 것처럼

꽃에서 꽃으로, 구름 위로, 별들 사이로

당신만의 길을 찾아

아름다운 여행을 떠나보자.

심각하게 걱정할 필요 없어.

문을 열면

길은 또 열리기 마련이야.

당신은 별이다.

별빛은 타인의 시선에 의해

어두워지거나 밝아지지 않는다.

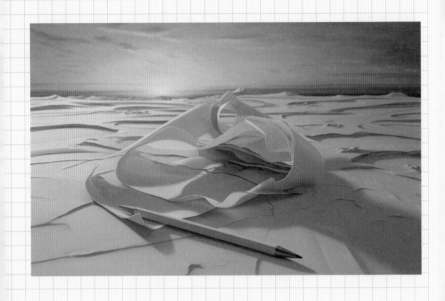

실패는 인생의 불가피한 일부다.

그 과정에서 우리는

자신에 대해 더 많이 알게 되고

성장할 수 있으며,

성공할 기회를 얻는 것이다.

당신은 존재만으로

반짝반짝하다.

2

실패와 성공의 순간

인생에 한 방은 없다.

그저 한 방처럼 보이는 꾸준함과 성실함이 있을 뿐.

누가 나에게 뭐라고 하든 상관하지 마세요.

그들은 어차피 내 인생에서 중요한 사람이 아니거든요.

우리는 성공이 무엇인지, 행복이 무엇인지,

옳은 삶이 무엇인지를 결정하는 기준도

주위 환경에 쉽게 영향을 받곤 한다.

이런 외부적 요소들에 의해

나 자신을 잃지 말자.

나는 나 자체만으로 존재하기 때문이다.

내 인생에서 가장 중요한 사람은

첫 번째, 나를 사랑하는 나

두 번째, 나를 믿는 나

맞아요. 바로 나예요.

성공은 내가 정하는 것.

내가 성공한다고 믿고 포기하지 않으면

이룰 수 있는 게 성공이다.

지금 내가 노력하면

과거는 바꿀 수 없어도

미래는 바꿀 수 있다.

인생은 속도가 아니라 방향이라고 하죠.

하지만 속도도 중요해요. 속도가 느리면 지치거든요.

방향이 중요하다고 방향만 찾느라 방황하지 마세요.

속도든 방향이든 인생에는 나만의 속도와 방향이 있답니다.

속도 내어 걷다 보면 많은 경험 속에서 찾을 수 있어요.

내 인생의 방향을.

내가 못 할 거라고 평가하는 사람들한테

까짓것 보여주자고요.

시간이 걸릴 수 있지만

어차피 마지막에 웃는 사람이 승자 아니겠어요?

실행하라.

움직여라.

내가 하지 않으면 아무것도 변하지 않는다.

기억해라.

인생의 주인은 당신이다.

다른 사람들의 기대나 의견에 휘둘리지 말고,

스스로를 위한 최선의 선택을 해야 한다.

노력한다고 해서

다 성공하는 것은 아니지만,

성공한 사람들의 공통점은

모두 노력했다는 것이다.

과거는 단순히 시간의 흐름 속에 남겨진 추억이 아니다.

과거의 즐거웠던 기억들을 꺼내보면서

오늘을 살아갈 힘을 얻기도 한다.

오늘이 과거의 경험으로 남아

웃음 지으며 하루를 시작할 수 있다면,

그날은 이미 반 이상 성공한 것이다.

어른의 행동에는 무게가 있다.

책임이 따르기 때문이다.

모든 결정에는 책임이 따른다.

이것은 성장의 과정에서

모두가 직면하는 진실 중의 하나다.

비 올 때만 무지개가 나타나듯,

가장 큰 도전 속에서

가장 큰 성장이 시작된다.

삶은 선택의 연속입니다.

선택의 기로에 설 때마다 고민하고 있나요?

당신의 선택이 가져올 결과를 상상하고,

그 결과를 받아들일 준비가 되었는지 자문해보세요.

이것으로 자신의 선택과 행동에 대한

진정한 책임감을 가질 수 있습니다.

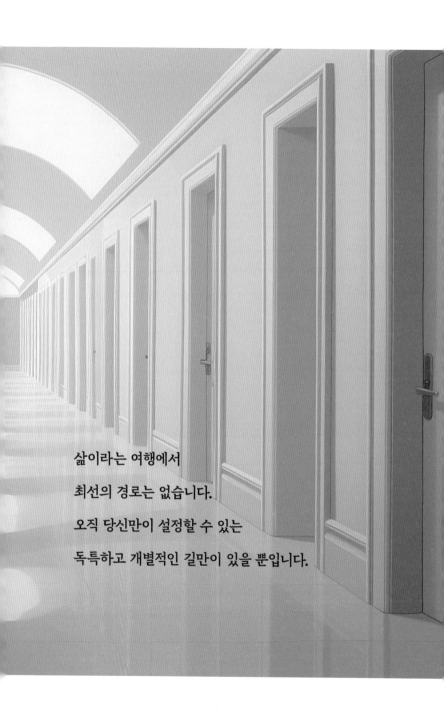

삶이라는 여행에서

최선의 경로는 없습니다.

오직 당신만이 설정할 수 있는

독특하고 개별적인 길만이 있을 뿐입니다.

해보고 후회하는 것보다

하지 못해서 후회하는 것이 더 크다.

그 경험이 실패든 성공이든

아무런 행동도 취하지 않아서 남게 되는 후회보다

훨씬 가치 있다.

도전하지 않고는 아무런 가치도 배울 수 없다.

당신이 선택하지 않은 길에 대해

궁금해하며 시간을 보낼 수 있으나,

결국, 그것은 당신의 개발이나 성장에

아무런 도움이 되지 않는다.

할 수 있는 일을 하라.

내가 지금 할 수 있는 일이 최선이다.

작은 발걸음을 내딛는 것조차 하지 않는다면

미래의 나도 변화하지 않는다.

현재의 순간에 집중하고,

현실적으로 접근 가능한 목표를 향해 노력하라.

지금의 시간이 후회되지 않도록.

우리는 종종 삶이 무한하다고 생각해서

필요한 일들을 내일로 미루곤 한다.

하지만 언젠가는 마지막 순간을 맞이하게 된다.

그 순간은 예고 없이 찾아온다.

지금 우리가 가진 시간을 소중히 활용해야 하는 이유다.

그 어떤 일도 경험하기 전엔 모른다.

직접 체험하고, 실패하고, 다시 일어나는 과정에서

우리는 가장 깊이 있는 삶을 만들어가는 것이다.

모든 것에는 시작과 끝이 있다.

인생의 모든 단계에서 반복되는 패턴이다.

때론 마지막이라는 것이 슬프고 아쉽지만,

훌륭한 마무리를 위해 노력해야 한다.

그래야 새로운 시작이 될 수 있다.

오늘 겪은 모든 고난과 도전은

내일의 당신을 위한 발판일 뿐이다.

‘실패하면 어쩌지?’

vs

‘실패하면 그것으로부터 무엇을 어떻게 배울 수 있을까?’

당신의 선택은?

당신의 현재 상황은 최종 목적지가 아니다.

그저 출발점에 불과하다.

삶의 종착역까지 여정은 계속된다.

인생이라는 길 위에

짙은 어둠이 깔리면,

깜깜한 밤에 더 흐드러진 별들을 바라보세요.

차가운 바람이 불어오는 날엔

발길을 멈추고 들풀에 귀를 기울여보세요.

살랑이는 꽃잎의 진동을 느껴보세요.

실패와 좌절, 불안과 두려움은

막상 지나면 그만이고,

뒤돌아보면, 인생의 한 페이지에 불과하다.

그 페이지를 아직 넘길 수 없더라도 걱정할 필요 없다.

시간이 지나면 자연스럽게 다음 장으로 넘어갈 수 있기 때문이다.

실패와 장애물 앞에서 포기하지 않고 계속 도전해야

삶의 가치와 의미를 발견할 수 있다.

그럼 성공은 뒤따른다.

성공으로 가는 길에

실패는 없다.

성공으로 가는 과정만 있을 뿐이다.

당신의 시간은 한정되어 있다.

남의 인생을 걱정하며 시간을 허비하지 마라.

시작하지 않으면

과정도 결과도 없다.

당신의 꿈이 얼마나 크든지,

그것을 실현하기 위해서는

일단 시작하는 것이 중요하다.

누구에게나 시간은 공평하다.

공평하게 주어진 시간을

어떻게 활용하고 어떤 선택과 결정을 하는지에 따라

성공으로 가는 길이 열린다.

답이 나오지 않는 문제를 붙잡고 있나요?

'답'을 찾지 못한다고 해서 그것이 실패는 아니에요.

포기하지 않고 계속해서 도전하는 것,

그 과정에서 경험하고 배우며 성장하는 것.

문제의 해결이 항상 목표일 필요는 없습니다.

‘얻음’과 ‘잃음’에 연연하지 마라.

어차피 다 한때다.

인생을 살아가는 데 열정이 갑자기 식는다면,

잠깐 멈추고 자신의 내면과 대화를 나누어야 할

시기일지도 모릅니다.

주변 환경에서 벗어나

자신의 생각과 감정에 집중해보세요.

한 번의 쉼표가 또 다른 방향성을 제시할 수 있습니다.

성공은 우연히 찾아오는 것이 아니다.

철저하고 계획적인 준비 속에서

기회와 만났을 때 시작된다.

성공은 '준비'가 '기회'를 만나는 지점에서 시작된다.

당신의 목표를 실현하기 위해서는

항상 준비된 상태로 있어야 한다.

다른 사람들의 성공, 재산, 외모를 보며

부러움을 느끼는 당신에게.

"남들과 비교하는 삶 말고, 나 자신을 위한 삶을 사세요."

굴곡은 과정이다.

당신의 내면에서 가장 아름다운 부분을

조각하는 작업일 뿐이다.

놓을 수 있어야 잡을 수 있다.

주먹은 아무것도 잡지 못한다.

꽃길은

원래 비포장도로다.

긍정적인 시각이

미래를 바꾸는 첫 단추다.

자기가 한 결정을 믿지 못하고,

불안하고 자꾸 의심되는가?

그 이유는 딱 하나,

자기 자신을 사랑하지 않기 때문이다.

오늘은 다시 오지 않는다.

우리는 늘 오늘로 포장된

내일이라는 선물을 받는다.

'내가 가는 길이 과연 맞는 걸까?'

조용히 귓가에 맴도는 속삭임.

드디어

'나를 성장시킬 기회가 왔다.'

해낸 사람이 또 해낸다.

당신의 연약함도 힘이다.

무서운 바람에도

갈대가 꺾이지 않는 것처럼.

인생은 되어가는 과정이다.

그래서 우리는

'되어가는' 존재다.

나는 변화를 환영한다.

세상의 모든 것이

변화의 흐름 속에 있다는 것을 알기 때문이다.

모두가 같은 조건 속에서 살아감에도

내가 좀 더 특별한 사람이라는 믿음으로

삶을 채워가는 사람이

더 나은 삶을 만들어나간다.

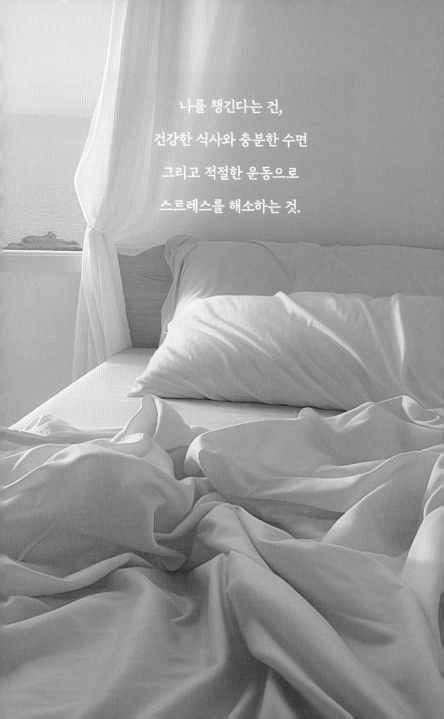

나를 챙긴다는 건,

건강한 식사와 충분한 수면

그리고 적절한 운동으로

스트레스를 해소하는 것.

노력할 준비가 되어 있지 않다면

아무리 천부적인 재능을 타고났어도

성공을 얻을 수 없다.

세상에는 헛된 노력도

의미 없는 시작도 없다.

3

사람들과 관계를
맺는 순간

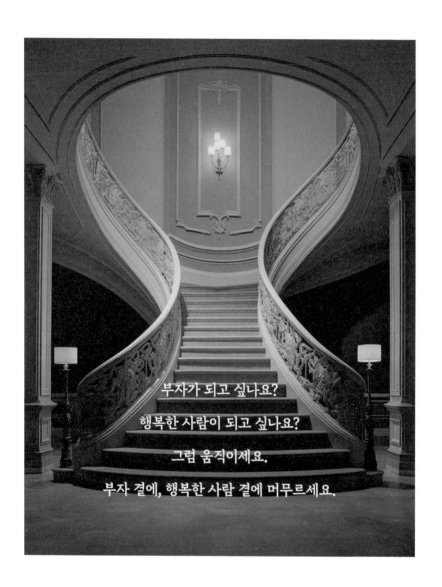

부자가 되고 싶나요?

행복한 사람이 되고 싶나요?

그럼 움직이세요.

부자 곁에, 행복한 사람 곁에 머무르세요.

내가 준 마음만큼 상대의 마음을 바란다면

그건 욕심이에요.

버리세요.

그리고 지키세요. 내 마음을.

'나만 좀 참으면 되지!

괜히 불화 일으킬 필요 있어……?'

그렇게 참았나요?

참은 걸 상대가 알아주던가요?

말하지 않으면 상대는 영원히 몰라요.

마음 다치지 말고 편하게 이야기해요.

막상 말하고 나면 별거 아니랍니다.

가까운 사이일수록 예의를 지키자.

가까운 사이일수록 기본을 지키자.

가까운 사이일수록 소홀해지지 말자.

질문해보라.

내가 남들에게 하는 만큼

부모 형제에게 했는가?

내가 나를 잘 알고 있다고 생각했는데,

그 사실이 종종 나를 불안하게 만든다.

관계란 일방적인 것이 아닌,

서로를 풍족하게 해주는 것.

서로에게 필요한 사람이 되어주는 것.

모든 사람에게 좋은 평가를 받기 위해

노력할 필요는 없다.

사실, 그것은 불가능한 일이다.

각자의 가치관과 기준이 다르기 때문에

모두를 만족시킬 수 없다.

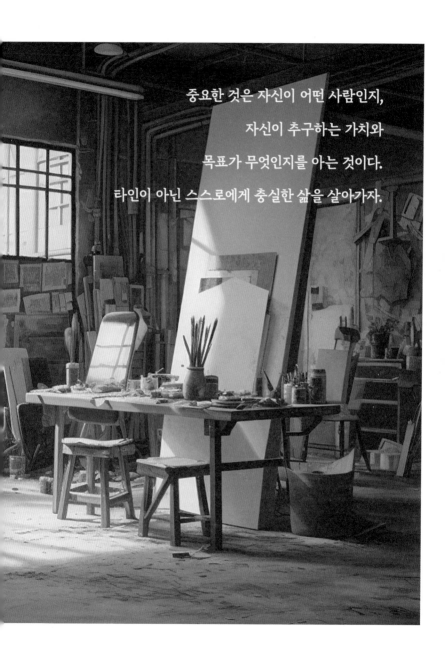

중요한 것은 자신이 어떤 사람인지,

자신이 추구하는 가치와

목표가 무엇인지를 아는 것이다.

타인이 아닌 스스로에게 충실한 삶을 살아가자.

나의 진가를 알아주는 사람에게만

마음을 다하고 최선을 다하면 된다.

나의 진가를 알지 못하는 사람들의 관심을 받으려고

시간과 감정을 소모할 필요는 없다.

남을 욕하는 사람은 자기 삶이 초라한 사람이다.

남 욕할 시간에

자신의 삶을 직면해 어려움을 인정하고,

건강한 방법으로 그것을 극복해나가는 능력을 키워라.

나한테 상처를 준 사람이 있다면,

그 사람에게 내가 똑같이 상처를 주지 않아도

반드시, 세상이 다 순리대로 알아서 해결해준다.

미워하는 마음을 내려놓아라.

용서는 다른 사람에 대한 선물이 아니라,

당신 자신에게 주는 선물이다.

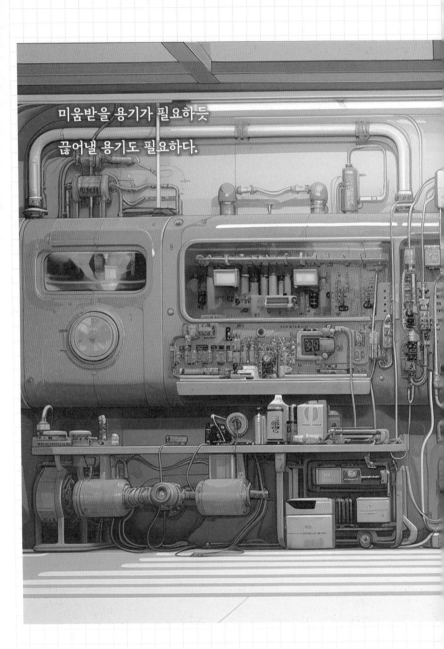

미움받을 용기가 필요하듯

끊어낼 용기도 필요하다.

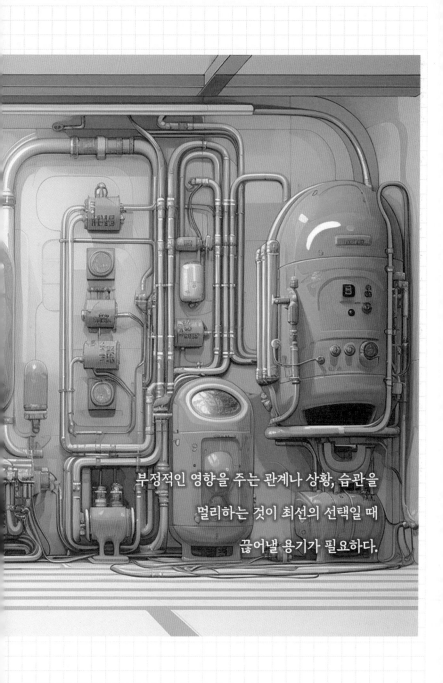

부정적인 영향을 주는 관계나 상황, 습관을
멀리하는 것이 최선의 선택일 때
끊어낼 용기가 필요하다.

타인이 나에게 화를 낸다고 해서

그걸 다 받아줄 필요는 없어요.

상대방의 분노나 불만을

내 것으로 만들 필요는 없으니까요.

이해할 수 없는

타인의 부정적인 감정으로 인해

내가 흔들릴 필요는 없어요.

자존감이 높은 사람이란, 장점만 자랑하는 사람이 아니다.

스스로의 단점을 정확히 인지하고 있는 사람이다.

자신의 단점을 인정하고 이해하는 것은

더 강인하고 유연한 존재가 될 수 있는 첫걸음이다.

함부로 상대방을 평가하지 않는다면

당신이 몰랐던 부분까지

배울 수 있습니다.

관계에서 유독 상처를 많이 받는 당신에게.

우선 자신을 사랑하세요.

모든 관계가 이런 식으로 진행되는 것은 아닙니다.

상처받은 마음은

시간과 다른 관계 속에서 치유됩니다.

상처받은 것에 대해 자책하지 말고,

경험으로 삼아 성장하면 그뿐이에요.

인연은 질기다.

기대가 크면 실망이 크듯이

모든 사람이 나와 같을 수는 없다.

딱 잘라 끊어내지 말고

적당한 정도의 거리만 유지하는 게 좋다.

너무 마음 쓸 필요 없다.

지나가다 만나면

인사는 할 수 있을 정도로 남겨두자.

인연도 너무 잘라내면

써야 할 때 없을 수 있다.

상대의 무례함을 참고 있나요?

앞으로 계속 참아줄 수 있다면 상관없지만,

언젠가는 마지막이 찾아오게 되어 있습니다.

한계에 부딪히기 전에 이야기하고 표현하세요.

무례함을 계속 참을 이유는 없습니다.

'내가 원하는 바'와 '내게 필요한 것'에

초점을 맞추세요.

타인을 의식하며 살아가는 것만큼

헛된 것은 없습니다.

누가 나를 칭찬한다고 해서

우쭐할 필요 없고,

욕한다고 해서

화낼 필요도 없다.

'익숙함에 속아 소중함을 잊지 말자.'

반복되는 일상 속,

소중한 것들이 익숙해진다고 해서

그 가치가 떨어지는 것은 아니다.

당연하다고 여기는 모든 것에
매일 감사의 마음을 갖고,
소중함을 인식하며 살아가자.

나를 사랑하자.

스스로가 세운 기대치를 충족시키지 못했을 때,

실수했을 때, 원하는 목표를 달성하지 못했을 때 등등

우리는 자주 자신을 탓하곤 한다.

자기 비난은 성장을 방해할 뿐이다.

실패와 실수도 경험의 하나다.

경험 속에서 배우고 성장하는 나를 받아들이자.

그런 나를 자랑스럽게 여기고,

누구보다 자신을 사랑하는 사람이 되어야 한다.

어리석은 사람을 멀리하고

어진 사람을 가까이하라

당신의 성장과 발전,

그리고 삶의 질에

결정적인 차이를 만든다.

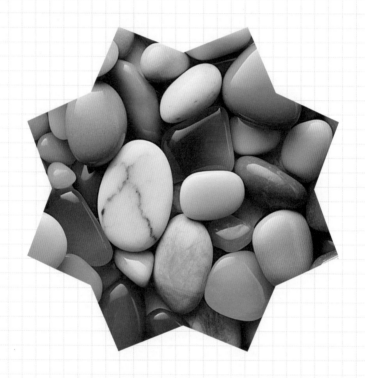

진심은 진실된 사람에게만 통한다.

아무에게나 진심을 보이면

이용만 당할 뿐.

지금 누굴 원망하고 있나요?

그 마음 버리세요.

남을 원망하는 것 자체가

곧 불행이랍니다.

유유상종(같은 무리끼리 서로 사귐)

초록동색(풀빛과 초록은 같은 색이다)

근묵자흑(먹을 가까이하면 검어진다)

"당신과 함께하는 사람은 누구인가?"

비우지 않으면

채울 수 없다.

관계도 마찬가지다.

헤어짐이 없으면

새로운 인연을 만날 수 없다.

무례함을 걱정이라며 말해주는 사람과는

가까이할 필요가 없더라.

타인의 평가가

너의 전부는 아니다.

우리는

아팠던 기억 속에서도

따스함을 찾아내곤 한다.

상처받았던 만큼

추억도 남기 때문일지 모르겠다.

가끔 그대를 위해 기도한다.

서로에게 벅찬 상대가 되지 않기를······.

부정적인 감정이 몰려온다면

툭 털어놓고 대화하라.

건강한 상호작용이

긍정적인 변화를 가져온다.

더 이상

고민하지 않아도

노력하지 않아도 되는

자연스러운 관계만 남더라.

생의 끝자락에서 깨닫는 진실.

결국, 살아온 모든 추억이

내가 '나'인 이유였음을.

내가 원하는 것과

네가 원하는 것 사이에

차이가 있음을 인정하기.

내가 단단하다고 해서

항상 괜찮다는 건 아니다.

인간관계를 정리하면,

나의 에너지를 채워주는 사람과

빼앗아가는 사람으로 나뉜다.

눈에 보이는 상처만 아픈 게 아니다.

눈에 보이지 않는 타인의 아픔에

조금 더 너그러워지자.

관점이 명확한 사람은

여러 사람을 품을 수 없다.

다양한 기준을 가진 사람들을

내 기준에 맞춰 평가하지 말고,

그런 사람들이 공존한다는 사실을

이해하고 살아가야 한다.

4

사랑하는 순간

사랑스러운 사람이 되고 싶다면

자신을 사랑하고 마음이 예쁜 사람을 만나세요.

그럼 나도 사랑으로 물들 거예요.

어떠한 조건도 붙지 않는

순수한 마음으로 하는 사랑이 가장 아름답다.

단, 둘 다 같은 마음이어야 한다.

내 마음을 다치게 한다면

그건 사랑이 아니에요.

상처 주는 사람일 뿐.

사랑하는 사람과 다툴 수 있다.

상대에게 시간을 주고 기다리는 것도 사랑하기 때문에 가능하다.

시간을 갖고, 서로를 이해하고, 다툼이 아닌 대화를 하고

그 과정이 반복되어야 비로소 하나의 사랑이 된다.

사랑은 기다림이다.

상대방이 준비될 때까지 기다리는 인내와

서로가 함께 성장하고 변화하는 과정을 지켜보는 끈기가 필요하다.

그리고 사랑하는 사람을 위해 가장 좋은 순간을 기다리는 것,

그것이 바로 진정한 사랑의 모습이다.

사랑은 단순히 느끼는 것이 아니다.

매일매일 선택하는 것이다.

사랑하는 것에는 이유가 없다.

논리나 이유가 없는 감정이기 때문이다.

사랑은 설명할 수 없을 만큼 복잡하면서도,

동시에 단순하고 순수한 감정이다.

상대방이 당신을 사랑한다면

절대 헷갈리게 하지 않습니다.

불안과 혼란 대신 안정감과 확신을 줍니다.

진정한 사랑은 명확하고 분명합니다.

만약 당신이 자주 혼란스러움과 불안함을 느낀다면,

그것은 아마도 진정한 사랑이 아닐 수 있습니다.

사랑이 가장 비참할 때는

헤어진 아픔을 견딜 자신이 없어서

다친 마음을 참아가며

사랑을 이어나갈 때다.

"좋은 사람이 되어준다고 해놓고

이제는 좋은 사람 만나래요."

아파하지 마요.

진짜 좋은 사람 만나면 돼요.

사람은 고쳐 쓰는 거 아니다.

내가 고칠 수 있다는 착각은 버려라.

평생을 책임질 게 아니라면 미련 갖지 말자.

책임은 내가 저지른 일에 지는 것이다.

사랑이라는 강력한 감정에 휩싸일 때,

일상적인 것들조차도 새로운 의미와 가치를 부여한다.

평소와 전혀 다른 시각으로 바라보게 된다.

사랑의 콩깍지가 씌어서 그렇다.

사랑을 이어나가고 싶다는 생각에서 빠져나와

상대가 생각하는 관계의 깊이와

나의 생각을 비교해보자.

사랑은 단지 남에게서 오는 것만이 아니라

자신으로부터 나오는 감정임을 알아야 한다.

상대의 밑바닥은

내가 잘해줬을 때

드러난다.

원 없이 잘해줬을 때

그 사람의 본성을 봤다면

미련 없이 헤어질 수 있다.

이유 없이 연락하는 사람이

이유 없이 나를 사랑해주더라.

나도 내 마음을 모르면서

상대가 맞춰주지 않았다고

화를 내고 있지 않나요?

짜증 나고 힘들다고

감정에 휩쓸려 화부터 쏟아내지 않았나요?

내 마음을 먼저 이해하고 상대에게 설명해주세요.

언성 높이지 말고 차분하고 솔직하게 내 마음을 알려주세요.

서툴더라도 연습하세요.

자신의 마음을 먼저 아는 것이

사랑을 지속하는 방법이랍니다.

서로 좋지 않은 순간에도

서로의 사랑을 표현하라.

고난이 찾아왔을 때

더욱 강하게 연결되고 지탱할 수 있다.

사랑이란,

어두운 순간에

더욱 밝게 빛나는 것.

지금 그대로의 당신을 사랑하는 사람이 곁에 있다면,

그 사람을 놓치지 않는 것만으로도

당신은 사랑할 줄 아는 사람.

너의 사소한 것들까지 챙겨주길 바라지 마.

사랑하는 방식은 저마다 다른 거야.

선택이 어렵다는 핑계로

타인에게 선택을 미룬다면

결국, 사랑의 결말도

상대방의 선택으로 마무리된다.

서로 존중하는 사랑을 해라.

끌려다니는 사랑의 결말은 뻔하다.

나의 진짜 자아를 발견하고,

스스로를 사랑하고 존중할 때

진심으로 사랑하는 사람과 연결된다.

함께하는 사랑이란,

상대를 바꾸는 것이 아닌

조금 덜 거슬리는 방향으로

타협하는 과정이다.

정말 이런 사람 다신 없을 것 같아서인지,

지금의 연애가 끝나면 몰려오는 힘든 시간을

감당할 자신이 없는 것인지,

솔직하게 내 마음 바라보기.

상대방의 부족함을 바꾸려고 하는 것보다

내가 그 부족함을 채워주려고 노력하는 것,

진실한 사랑을 하고 있다는 증거.

맞춰가는 게 사랑이라던데,

맞춰가는 과정이 왜 이리 어렵게만 느껴지는지…….

힘든 사랑에 지쳐간다면,

일방적인 사랑은 아닌지 살펴보기.

세상에는 많은 즐거움이 가득하지만,

너와 함께하는 순간만큼 재미있는 건 없어.

왜냐하면, 내 마음속에선 너란 존재가

가장 밝게 빛나거든.

사랑해서 헤어진다는 말은 거짓말.

당신을 책임질 용기가 없다는 게 진실.

내가 실패해도

나를 지지해주는 사람,

나의 성공에도

진심으로 축하해주는 사람.

나와 헤어졌다고 험담하지 마세요.

누가 사귀라고 강요해서 사귄 게 아니라

본인이 선택해서 사귄 사람이잖아요.

결국, 본인 얼굴에 침 뱉기예요.

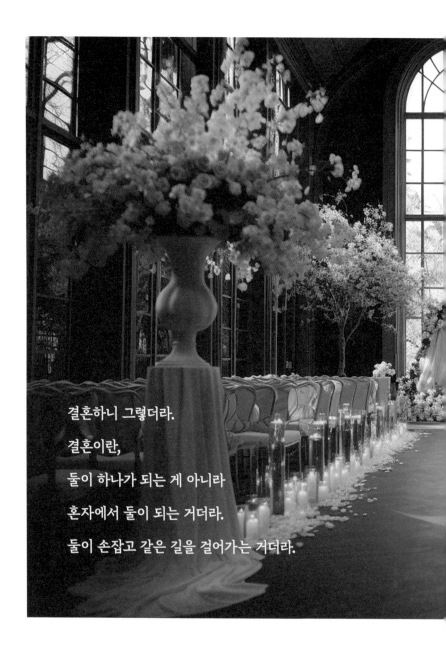

결혼하니 그렇더라.

결혼이란,

둘이 하나가 되는 게 아니라

혼자에서 둘이 되는 거더라.

둘이 손잡고 같은 길을 걸어가는 거더라.

둘이 하나가 되기 위해 결혼하면

결국, 하나가 되지 못했다는 불편함으로

함께 길을 걸어갈 수 없게 되더라.

사랑은 사소한 일로 다투는 것.

그렇게 다투더라도 사랑하기에

항상 용서와 이해가 뒤따르는 것.

자신을 사랑하는 법을 모르면,

다른 사람을 온전히 사랑하는 것은

불가능하다.

삶의 순간

초판 1쇄 인쇄 2024년 1월 22일
1쇄 발행 2024년 1월 30일

지은이 신지은
AI이미지 양현진
펴낸이 전지윤
편　집 조한나
디자인 박정호

펴낸곳 리드썸
출판등록 2023년 8월 11일
신고번호 제 2023-000055호
주소 경기도 화성시 동탄대로 683, SH스퀘어2 203호
이메일 readsome@naver.com

ISBN 979-11-984369-3-1 (03810)